Poesie

Publio Ovidio Nasone

Cefalo e Procri

Quante un incauto credere
Talor sciagure apporti,
Di Procri l'infortunio,
Sposi, vi renda accorti.

Non lungi dalle floride
Pendici dell'Imetto
Sgorga una fonte e morbido
Vi fan l'erbette un letto.

Bossi e ginestre adombrano
Il tacito recesso;
Il mirto, il pin vi crescono
Il lauro ed il cipresso.

Di un odorato zefiro
Agli aliti giocondi
Gli erbosi cespi ondeggiano,
Susurrano le frondi.

Stanza gradita a Cefalo
Che, cani e cacciatori
Lasciando altrove, assidersi
Ivi godea sui fiori.

E «Vieni, o mobil Aura,
Solea cantar sovente,
Ninfa cortese, a molcere

Vieni il mio petto ardente.»

Del malaccorto Cefalo
I detti alcun raccoglie,
E li riporta al credulo
Orecchio della moglie.

Di subito alla misera
Irte si fer le chiome
Chè nome di un'adultera
Di Aura le parve il nome;

E impallidì qual sogliono
A terra impallidite
Cader d'autunno al termine
Le foglie della vite.

Poi come dal delirio
La misera si scosse,
Stracciò le molli porpore,
Il petto si percosse.

Disciolta il crin sugli omeri,
D'indugio intollerante,
Già le vie fende ed ulula
A guisa di Baccante.

Giunta all'Imetto, lascia
L'ancelle a mezza valle,
E dentro al bosco intrepida

Varca per ermo calle.

Oh qual, donzella improvvida,
Era in tuo cor tempesta,
Quando sedevi in guardia
Nascosa alla foresta!

Ansia de' venti al murmure
Gli occhi volgeva attorno;
Scovrir in ogni cespite
Temeva il proprio scorno.

Procri infelice! or scernere
Ella vorrebbe il vero,
Or non vorrebbe: fluttua
Perplesso il suo pensiero.

Il nome, il loco acquistano
A' suoi sospetti fede:
Quanto paventa il misero
Agevolmente crede.

Come di un uom vestigio
Vide sull'erba impresso,
Fiero la colse un tremito,
Le battè 'l cor più spesso.

Ed alto il sol degli arbori
L'ombra minor già fea,
E spazio eguale il vespero

Dall'alba dividea.

Ecco ritorna Cefalo,
Beltà divina, al fonte,
Nelle fresche acque a tergere
La polverosa fronte.

Procri lo mira e palpita:
Ei steso sull'erbetta,
Venite, esclama, o zefiri.
Vieni, cortese auretta.

L'inganno del vocabolo
Procri conobbe appena,
Che l'ansio core esilara,
La faccia rasserena.

Sorge; e col petto aprendosi
La via fra le conserte
Ombre del bosco a Cefalo
Sen corre a braccia aperte.

Quei d'una fiera il giungere
Udir pensando, in fretta
Sull'arco inconsapevole
Incocca la saetta.

Che fai? t'arresta, o Cefalo,
Vano timor t'assale.....
Che festi? A Procri, o misero,

Vibrasti in sen lo strale.

«O fatal selva! O Cefalo,
Ella cadendo esclama,
Come potesti uccidere
La tua fedel che t'ama?

Giovane io muoio; e giovane
Morir già non mi pesa,
Poi che di donna estrania
Più non pavento offesa.

Prendi il supremo anelito,
Aura temuta invano:
Tu le pupille chiudimi,
O sposo, di tua mano.»

Disse: e dal sen lo spirito
A poco a poco uscito
Tremanti i labbri accolgono
Del pallido marito.

Ei fra le braccia esanime
Sostien l'amata sposa,
E lava di sue lagrime
La piaga sanguinosa....

Ero a Leandro

Vuoi che l'egro mio spirto io rassereni,
Come il cortese tuo foglio m'invita?
Getta la penna, mio Leandro, e vieni.

A chi triste in desio mena la vita
 assi un'ora mille anni. Io t'amo, io t'amo
E fieramente il tuo tardar m'irrita.

D'immenso foco parimenti ardiamo;
Ma se d'amore son le fiamme eguali,
Di tempra eguali e di vigor non siamo.

Noi che le membra abbiam tenere e frali
Noi fanciulle di cor siamo men forti.
Vieni, o vinta io soccombo a tanti mali.

Voi la caccia trastulla: in bei diporti
Alla quïete di campagna amena
I lunghi giorni a voi paiono corti.

Ora il fòro vi chiama; or nell'arena
Scendete unti alla lotta, o d'un corsiero
Affaticate la fumante schiena.

Or a pesci ed augelli il giorno intero
Sedete insidïando, e l'atra cura
A vespero tuffate entro il bicchiero.

Tali trastulli a noi vieta natura;
E che far ci riman, se non l'amore,
Chiuse nell'ombra di guardate mura?

E di te tutte quante occupo io l'ore;
Tu segreto mio studio e mio tesoro;
Nè dir può lingua quel che sente il core.

Or di te parlo colla balia, e ploro
Con lei sommessamente e le cagioni
Del tuo ritardo palpitando esploro;

Or riguardando il mar che gli aquiloni
Volgon sossopra, i tuoi lagni ripeto,
Imprecando de' venti alle tenzoni;

O per poco che torni il mar quïeto,
Che la voglia ti manchi e non la possa
Io vo triste gemendo in mio segreto;

Gemo accorata, e la pupilla ho rossa
Di amaro pianto che con man tremante
Terge la vecchia al mio martír commossa.

Spesso un vestigio io vo delle tue piante
Per la sabbia cercando, e non rammento
Quanto è mobil la sabbia ed incostante.

E purchè di te parli, ogni momento
Io chieggo se sia giunto alcun d'Abido,

O per Abido dia le vele al vento.

E chi può dir quanti baci confido
Alle tue vesti che da me partendo,
Quando spunta il mattin, lasci sul lido?

Tutto il mio giorno in queste cure io spendo
Ma quando gli astri per la volta eterna
Scoprono il viso scintillante, accendo

Subitamente la fedel lucerna
Sull'altissima torre, onde il cammino
Tu nell'immensa oscurità discerna.

Indi traendo alla conocchia il lino
Io siedo e con femminëi sermoni
Inganno, come posso, il mio destino.

Chiedi di che per tante ore ragioni?
Di vestiti o di danze io non favello;
Tu sol sulle mie labbra ognor risuoni.

Pensi, io dico, nutrice, che all'ostello
Leandro si sia tolto? o che sian desti
Tutti? e del padre ei tema e del fratello?

Credi tu che dagli omeri le vesti
Ora deponga, e di salubre e schietto
Olio le belle membra unger si appresti?

Ella accenna che sì; non che l'affetto
Nostro l'agiti assai; ma 'l capo antico
Vacillante per sonno inchina al petto.

Fatto un breve silenzio, adesso, io dico,
Ei da riva si parte; in questo punto
Entra nell'acque l'animoso amico.

Nè filando un pennecchio anco ho consunto,
Che la nutrice interrogo: ti pare
Ch'ei possa a mezzo corso essere or giunto?

Ed ambo dal balcon guardiamo al mare,
E preghiamo con timido desio
Non ti sian l'aure di soccorso avare.

Ad ogni suon quella fedele ed io
Tendiam l'orecchio, e de' tuoi passi il suono
Trepide udiamo in ogni mormorío.

Breve riposo alfine agli occhi io dono;
E languida sul sen della nutrice
Questa infiammata mia testa abbandono.

Sogno, e del vano mio sognar felice
Parmi vederti allor che le grondanti
Braccia mi avvolga intorno alla cervice.

Tu da me prendi gli odorosi ammanti
A coprirti; e mi dai baci e ricevi,

Com'è l'usanza de' beati amanti.

Ahi, dolorosa! chè bugiarde e brevi
Son le gioie de' sogni, e sugli albóri
Tu, come sciolta visïon, ti levi.

Quando fia che più l'onda i nostri amori
A divider non abbia, e mite Iddio
Stringa in nodo perenne i nostri cori?

Perchè soletta trapassar degg'io
Tante vedove notti? E tu che fai
Sull'altra riva, nuotator restio?

Oggi son l'onde paurose assai;
Eran ieri più basse; or perchè colta
Ieri la bella occasïon non hai?

Ben gittata l'hai tu, ma ti fu tolta
Ieri dal vento: invan sarà che aspetti
Più tranquilla marina un'altra volta.

Vieni; al mio fianco non avrai sospetti;
Noi le burrasche prenderemo a scherno,
L'uno al collo dell'altro avvinti e stretti.

Ridendo udremo il tempestoso verno
Tonar sui flutti: io ben sarei contenta
Se dell'onde il furor durasse eterno.

Ma donde avvièn che tema ora tu senta
De' nembi? perchè l'onda che sicura
Tante volte ti parve, or ti sgomenta?

Ben mi ricorda che crucciata e scura
La marina mugghiava al tuo venire;
Pure non valse a metterti paura.

Allor dicea: tu mi farai morire
Col soverchio ardimento. Or dove giace,
Di', del valente nuotator l'ardire?

Ma che favello sconsigliata? Audace
Tanto mai più non essere, o mio bene;
Nè scendi in mar se pria nol vedi in pace.

Basta che non sian rotte le catene
Che i nostri cori allacciano, nè spento
Cada il foco che n'arde oggi le vene.

Il mar si muti, ed imperversi il vento,
Mutando lato; io non ho tema alcuna;
Ma che il tuo cor si muti, io mi sgomento.

Pavento ancora che la mia fortuna
Vil non ti sembri; e tu nato in Abido
Lei disprezzi che in Tracia ebbe la cuna.

Ma tutto io posso tollerar, se infido
Non ti ritrovi, nè novello amore

Il nostro antico amor cacci di nido.

Se non fosse più mio quel nobil core,

Onde mi venne sì profonda piaga,

Preverrei col morir cotanto orrore.

Nè favello così, perchè presaga

Sia la mente di danni, o dia credenza

A romori di fama incerta e vaga;

Ma di tutto io pavento; e fu mai senza

Paura vero amore? E di sospetto

M'empie pur sempre la tua lunga assenza.

O felice colei che nel cospetto

Vive ognor del suo vago e scerne il vero,

Nè sognato terror le agghiaccia il petto!

Verace torto o grido menzognero

Io discerner non so: vero o bugiardo

Ogni detto conturba il mio pensiero.

Vieni, vieni una volta; e del ritardo

Sian cagione i parenti o la procella,

Non d'altra donna lusinghevol guardo.

Vuoi tu ch'io muoia alla fatal novella?

Vedi, Leandro, ignobile delitto

La morte procurar d'una donzella.

Ma perdonami, o caro; il cor trafitto
Io vo pascendo di paure: intanto
È l'onda che si oppone al tuo tragitto.

Ahimè, come rimugge a' lidi infranto
L'ampio Ellesponto! e van le nubi e tutto
Coprono il ciel di ferrugigno ammanto!

Forse in questa ora rinnovella il lutto
D'Elle l'antica genitrice e mesta
I suoi pianti confonde al conscio flutto?

Od Ino alla figliastra ancora infesta
Sul mar che ha nome da costei, discende
Tanta a destarvi orribile tempesta?

Fato nemico le donzelle attende
Ognora in questo mar, che l'innocente
Elle sommerse, ed or me crudo offende.

Ma tu, Nettuno, se ti rechi a mente
Le antiche fiamme, perchè sei scortese
A me che d'egual foco ho l'alma ardente?

S'è ver che col sorriso un dì ti prese
Amimone, e co' begli occhi divini
Tiro d'immensa vampa il cor t'accese:

Ed Alcïon ne' talami marini
E Calice accogliesti e di serpenti

Medusa non ancora avvinta i crini;

E Laodice che dorate a' venti
Spandea le chiome e la gentil Celeno
Ascesa a fiammeggiar ne' firmamenti;

Perchè, Nettuno, se cotante in seno
Fiamme accogliesti, sei con me sì fiero
Che d'amoroso incendio ardo non meno?

Pace, gran nume; col tridente altero
L'oceàno sconvolgi; in breve chiostra
Sdegna far pompa del regale impero.

Sorgi colà con tutti i venti in giostra;
Le navi aggira e co' sonanti e vasti
Marosi le gran flotte abbatti e prostra.

Vergogna, che dell'acque il Dio contrasti
Ad inerme garzon; palma sì vile
D'un fiumicel si disdirebbe a' fasti.

Vanta Leandro origine gentile;
Ma fra gli avi famosi ei non addita
L'Itaco astuto a' tuoi nepoti ostile.

Pace, gran nume; ed ambo a un tempo aita;
Ei nuota; per la stessa onda tranquilla
Naviga coll'amante la mia vita.

La lampa al cui chiaror scrivo, scintilla
Lieta scoppiando, e d'avvenir felice
Porge giocondi augurî alla pupilla.

Ecco su' fausti fochi la nutrice
Il vino infonde e, — Tre sarem domani, —
Un colmo nappo tracannando, dice.

Mio ben, fa' che siam tre, fa' che lontani
Mai più non siam: così t'arrida Amore,
E l'onda al nuoto Citerea ti spiani.

Perchè, perchè se t'ho rinchiuso in core,
Così di rado al tuo fianco mi assido?
Torna, torna a tue tende, o disertore.

Anch'io vorrei talor scender dal lido;
Poi m'arresta il pensier che alle donzelle
È questo mar più che a' garzoni infido.

Frisso il varcava e l'incolpabil Elle;
Frisso fu salvo; e solo alla nemica
Onda diè nome l'incolpabil Elle.

Forse paventi che la lena antica
Al ritorno ti manchi e non risponda
Dell'iterato nuoto alla fatica?

Io lasciando la mia, tu la tua sponda
Corriamo ad incontrarne a mezza strada,

E baciamoci in volto a fior dell'onda;

Poscia ciascuno alla natia contrada
Faccia ritorno. Picciol premio è certo;
Ma partito è miglior starsene a bada?

Oh, faccia Iddio che finalmente aperto
Sia l'amor nostro a tutti, e si rimova
L'invido vel che l'ha finor coperto!

Già vergogna ed amor fan mala prova
Congiunti in un: non so qual sceglier deggia;
Che se l'una convien, l'altro ne giova.

Perchè Giason non sei che nella reggia
Entra appena di Colco, ed a' suoi lari
Colla rapita vergine veleggia?

Perchè non sei l'avventuroso Pari
Che viene a Lacedemone e repente
Solca coll'involata Elena i mari?

Chè se sovente vieni, anco sovente
Tu m'abbandoni e di nuotar non badi,
Se per nave tornar non ti si assente

O vincitor de' procellosi guadi,
Sfida pur l'onde e tuttavia le temi;
Speme e paura avvicendar ti aggradi.

Fracassate dal mar van le triremi,
Opra di mille artefici; e tu speri
Che le tue braccia più possan de' remi?

Quel che tu fai, gl'intrepidi nocchieri
Paventano di far: rotto il naviglio,
Nuotan sol presso a morte i passaggeri.

Ahimè, che la paura io ti consiglio,
Folle! e poscia vorrei che de' miei detti
Tu più forte sfidassi ogni periglio.

Lasciami delirar, pur che t'affretti
Ed uscendo dal mar l'umido braccio
Avidamente all'omero mi getti.

Ma quante volte a contemplar mi affaccio
Dalla finestra il pian dell'acque immenso
Ratto per l'ossa mi trascorre un ghiaccio.

E della scorsa notte anco ripenso
Tremante al sogno orribile, che sorta
Tosto espiai con lagrime ed incenso.

Era sull'alba: tremolante e smorta
Dormicchiava la lampa, allor che vere
Le novelle a' mortali il sonno apporta.

Semisopita mi lasciai cadere
Di mano il fuso e a torbido riposo,

La guancia abbandonai sull'origliere.

Qui veder mi parea pel mar spumoso
Vago delfin far cento giri e cento
Mezzo sorto dall'onda e mezzo ascoso.

Poi mi parea, che di traverso un vento
Impetuoso lo gittasse ai lidi,
Ove giacea fra l'alghe avvolto e spento.

Vera o falsa l'immagine che vidi,
Io n'ho paura. Alla venuta aspetta
Tranquillo il mar, nè i sogni miei deridi.

Se non curi di te, d'Ero diletta
Abbi almeno pietà, che intempestiva
L'ora estrema a veder non sia costretta.

Ma già speranza l'egro spirto avviva;
Sicuro per la placida bonaccia
Tu potrai tosto abbandonar la riva.

Intanto, finchè dura la minaccia
Della gonfia marina, il tuo cordoglio
E le dimore men gravi ti faccia

Questo ch'Ero ti manda, amico foglio.

La partenza per l' Esiglio

Quando alla notte orribile
Io col pensier ritorno,
he sotto il ciel romuleo
Fu l'ultimo mio giorno;

Quando cotante io medito
Dolcezze che lasciai,
Di subitana lagrima
Molli ancor sento i rai.

Era il mattin già prossimo;
E per regale editto
Io da' confini italici
Uscir dovea proscritto.

Mente non ebbi e spazio
Di apparecchiarmi: immenso
Sbalordimento all'anima

Moto avea tolto e senso.
Servi e compagno a scegliermi
Stordito io non attesi;
Oro, difesa all'esule,
E vesti io non mi presi.

Giacqui percosso, attonito,
Come percosso e domo
Uom giace dalla folgore,

Tronco vital, non uomo.

Poi che dal cor le nuvole
Lo stesso duol rimosse,
E vigoria ripresero
Dell'anima le posse,

Sorto, l'addio novissimo
Volgo a' dolenti amici;
Due furon meco; ed erano
Tanti a' miei dì felici.

Alto io piangeva: al trepido
Mio seno la consorte
In disperato spasimo
Stretta piangea più forte.

Lungi dal patrio Tevere,
Di mia fortuna amara
Nelle contrade libiche
Vivea la figlia ignara.

Suonano pianti e gemiti;
Gli stessi servi han lutto;
Non ha la casa un angolo
Che sia di pianto asciutto.

Di funeral non tacito
Rendea sembianza il loco;
Rendea di Troia immagine,

Quando fu preda al foco.

Le voci omai tacevano
De' cani e delle genti;
Ed alto il cocchio Cinzia
Reggea pe' firmamenti.
Gli occhi levai: sul culmine
Il suo splendor battea
Del Campidoglio: attigue
Io le mie case avea.

Numi, sclamai, cui vivere
Potei tanti anni appresso:
Vette tarpee, che scorgere
Più non mi fia concesso;

Dei del superbo Lazio
Che abbandonar degg'io,
Miti vi piaccia accogliere
Dell'esule l'addio.

So che lo scudo inutile
Torna a guerrier trafitto;
Pur voi scemate gli odii
Al misero proscritto.

Dite al divino Cesare
Come demente errai;
Dite che fui colpevole,
Non scellerato mai.

Tutto è a voi noto; il giudice
Pur esso non l'ignori.
Saran, placato Cesare,
Forse i miei guai minori.

Tanto io pregai: più fervida
La donna orava, e mozzi
L'erano i preghi assidui
Da lagrime e singhiozzi.

Discinta, supplichevole
Si prostra ai Lari, e tocca
Del focolar le ceneri
Colla tremante bocca;

Poi sorge, e di rimprovero
Acre i Penati assale,
Rimprovero che gl'invidi
Fati a stornar non vale.
E già rompea l'indugio
La mezzanotte scorsa;
Già volto al lato occiduo
Era il timon dell'Orsa.

Che far dovea? Di patria
Mi rattenea l'amore;
Ma noverate ed ultime
Erano a me quelle ore.

Se fretta alcun facevami,
Perchè, dicea, mi sproni?
Pensa onde vuoi divellermi,
Pensa ove andar m'imponi.

Oh quante volte fingere
Mi piacque un'ora, e dissi:
Gl'istanti ancor non giunsero
Che alla partenza ho fissi!

Tre volte vêr la soglia
Mossi: tre volte addietro
Trassimi: il piede e l'animo
Tenean lo stesso metro.

Addio, mi udian ripetere,
Dar mi vedean gli amplessi
Ultimi, e tosto riedere
A' detti, a' baci istessi.

Dava a' miei cari i memori
Novissimi precetti;
Poi gli occhi non sapeano
Torsi dai cari aspetti.

Perchè, diceva, accelero
Tanto il partir? Si noma
Il mio confin la Scizia;
Questa che lascio è Roma.

Viva a me vivo involasi
Impareggiabil moglie;
Il genïal ricovero
Del padri mi si toglie;
Tolti mi sono i teneri
Compagni desïati,
Più che Piritoo a Teseo
A me d'amor legati.

Pria che il destin ne separi,
Oh, ch'io vi abbracci ancora.
Nobili petti; oh, spendere
Possa con voi questa ora!

Diceva; e a lor che stavano
A capo chin piangendo,
Voci alternando e gemiti,
L'avide braccia io stendo.

Mentre favello e lagrimo,
Dalla marina sorto,
Stella fatal, Lucifero
Alto splendea nell'Orto.

Mi stacco alfin: nell'impeto
Tutte sentir mi sembra
Dilacerate fendersi
E sanguinar le membra.

Allor clamori ed ululi

Suonan pegli ampi tetti;
Percosse palme suonano,
Suonan percossi petti.

Stretto mi tien pegli omeri
Furente la consorte,
E detti e pianti mescola
Sulle contese porte.

«A me nessun può toglierti;
Insieme, insieme andremo.
Ella dicea; di un esule
I guai partir non temo.

Sol non farai di Scizia
L'orribile sentiero;
Alla tua nave io carico
Aggiungerò leggero.
Te l'adirato Cesare
Lungi d'Italia invia;
Sia la pietà, mio Cesare,
A pormi teco in via.

Cotal tentava: a smoverla
Erano i preghi vani;
Solo al pensier dell'utile
Vinte rendea le mani.

Esco. Io parea cadavere
D'in sulla soglia tolto,

Squallido tutto ed orrido
Di sparse chiome il volto.

Mi disser poi ch'esanime,
Vinta d'immenso duolo,
Chiusa in mortal caligine
Ella cadea sul suolo;

Che sorta dal deliquio
I rabbuffati crini
Bruttò d'immonda polvere,
Pianse i suoi rei destini;

Pianse il deserto talamo
Ed il remoto esiglio,
Di madre in guisa che ardere
Miri sul rogo il figlio.

E che volea, mi dissero,
Correr feroce a morte;
Nè l'arrestò che il provvido
Pensiero di mia sorte.

Viva: e se a' fati infrangere
Piacque di nostra vita
L'unica tela all'esule
Sia liberal di aita.

Saffo a Faone

Ascoltami, Faon: quando su questi
Sudati fogli il tuo sguardo s'affisse,
Tosto l'amica man riconoscesti?

O se il nome di Saffo, che li scrisse
Non vi leggevi, ti taceva il core
Questo tenue lavor donde venisse?

E forse chiederai, perchè d'amore
L'inno sulla mia cetra oggi non suoni,
Ma d'elegia mestissima il tenore.

È flebil l'amor mio: flebili toni
Ha l'elegia: non fa col mio tormento
La gioia delle liriche canzoni.

Ardo, come ne' solchi arde il frumento
Che dell'arida state il raggio indora,
Se le fervide vampe agiti il vento.

Lungi dagli occhi miei Faon dimora
Dell'Etna appiè; nè dell'Etneo men fiero
È l'incendio che dentro mi divora.

Già più carmi non tempro al lusinghiero
Suon della lira: le pimplee Sorelle
Aman sereno e libero il pensiero.

Nè più le giovinette a me son belle
Di Metinna e di Pirra; io più non curo
I vezzi, o Lesbo, delle tue donzelle.

Care Cidna, Anattorie un dì mi furo
Che or mi son vili; d'Attide a' miei rai
Il roseo volto pur s'è fatto oscuro,

E d'altre molte che una volta amai
D'immenso amore. O perfido Faone,
Quel cor, ch'era di molte, or tu sol hai.

In te viso giocondo, in te stagione
Tempestiva agli amori. O a me fatale
Sembianza del bellissimo garzone!

Prendi in mano la cetera e lo strale
Febo sarai: coll'ellera alle chiome
A Bacco diverrai tosto rivale.

E Febo e Bacco all'amorose some
Piegaro il collo; nè cercâr perdono
S'era a Clio di lor Ninfe ignoto il nome.

Ma le bionde Pegasidi a me dono
Fer d'amabili versi; e già si spande
Alto nel mondo di mia fama il suono.

Nè più frequenti Alceo colse ghirlande,
Mio fratel nella patria e nella lira,

Benchè tempri le corde a suon più grande.

Se nata io sembro alla natura in ira,
Che men bella mi fe, largo conforto
M'è 'l poetico nume che m'ispira.

Piccola io son: ma dall'occaso all'orto
Volo col nome ed empio i monti e l'acque;
Sola di tanti lauri il fascio io porto.

Se candida non son, però non spiacque
A Perseo l'etiopica donzella
Bruna il volto dal Sol sotto cui nacque.

Nè rifugge la bianca colombella
Dal nero sposo; e 'l verde augello in traccia
S'aggira della bruna tortorella.

Che se pari alla tua cerchi una faccia,
Non fia che tu ritrovi o ninfa o dea
Che sia degna posar nelle tue braccia.

E pur bella a' tuoi sguardi anch'io parea,
Quando leggevi i miei versi: fra cento
E cento vati io sola ti piacea.

Cantava, oh, come spesso io lo rammento!
Chè nulla obblian gli amanti; e tu co' baci
Rompevi sulle mie labbra l'accento.

Tutto in me ti rapiva; e se in tenaci
Teneri nodi ti serrava al petto,
Le soavi d'amor ire e le paci,

Gli arguti motti, l'infocato affetto,
I sorrisi, le lagrime, i deliri
T'empiean d'inenarrabile diletto.

Le belle Siciliane a' tuoi sospiri
Ora son segno. Acchè più Lesbo ho 'n core?
Oh, l'aure di Sicilia anch'io respiri!

Ma voi l'obbrobrïoso disertore
Deh! tosto rimandate al nostro amplesso,
Nisiadi madri, e voi, Nisiadi nuore.

Guardatevi da lui che vi vien presso
Col mêl sul labbro; quel che a voi promette
A me lo sciaurato avea promesso.

E tu, madre d'Amor, che sulle vette
D'Erice hai templi, accorri alla meschina
Che i suoi giorni e la lira a te commette.

O forse dal suo corso non declina
La nemica fortuna? E reo governo
Di questa sventurata a far si ostina?

Sei volte appena ritornare il verno
Io visto avea, che nella vuota stanza

Bagnai di pianto il cenere paterno.

Il mio fratel degli avi ogni sostanza
Sperse in luride tresche; il vitupero
È l'unico retaggio che gli avanza.

Or sovra un pino all'aüre leggero
Corre i golfi e terribile corsaro
Si getta a racquistar l'oro primiero.

Ma perchè degno biasmo in me trovaro
L'opre sue bieche, ei m'odia. Ecco il bel frutto
Che i pietosi consigli mi recaro.

E perchè mai non abbia il ciglio asciutto,
Piccola figlia, o mio destin crudele!
Scherzami intorno a raddoppiarmi il lutto.

Tu novissima causa alle querele
Mi sei, Faone. O come repentini
Si cangiarono i venti alle mie vele!

Ecco negletti per le spalle i crini
Cascano: in dito più non mi sfavilla
Lo splendore degl'indici rubini.

È rozzo il mio vestir: l'oro non brilla
Più sul mio capo; nè l'assiro unguento
Dalle scomposte mie trecce distilla.

E per chi deggio ornarmi? A chi più tento
Io misera piacer, se que' begli occhi
Più non miro, cagion d'ogni ornamento?

Cuor non havvi, ove Amor suoi dardi scocchi
Più che nel mio; perchè s'accenda ed ami
Basta lieve favilla che lo tocchi.

Sia che volgendo i miei vitali stami
Tal legge mi cantassero le Suore,
Di roseo fil tessendo i miei dì grami;

Sia che gli studi, a' quali ho posto il core,
A lor costume informino l'affetto,
Me già fece Talia serva d'amore.

Che stupir se mi vinse un giovanetto
Cui l'età fresca appena il mento infiora,
Nato a scaldar qual è più freddo petto?

Questi io temea che tu, scherzosa Aurora,
Detto a Cefalo addio, non mi togliessi;
Ma frenarti Titon seppe finora.

Se tu che tutto vedi lo vedessi,
Candida Luna, come Endimïone
Dormirebbe Faon sonni più spessi.

E Citerea l'amabile garzone
Seco trarrebbe in ciel: ma paurosa

Del fiero Marte evita la tenzone.

O tra fanciullo e giovane, vezzosa
Utile etade! O candido sembiante
Onde l'umana schiatta è glorïosa!

Torna, torna, leggiadro, al palpitante
Mio sen! Non chieggio che tu deva amarmi;
Soffri solo ch'io possa esserti amante.

Scrivo; e l'impresse note a cancellarmi
Diffuso pianto dalle ciglia piove:
Vedi che appena tu discerni i carmi.

Che s'eri fermo omai girtene altrove,
Addio, Saffo, perchè non mi dicesti?
Io non chiedea dall'amor tuo gran prove.

Ah, non gli ultimi pianti e non avesti
Gli ultimi baci, o caro; ed io già scorti
Non ho quai m'attendean fati funesti.

Di me tranne l'ingiuria altro non porti;
Non un mio pegno, un mio vezzo non hai
Che di memoria l'amor tuo conforti.

Lassa! e ricordo alcun non ti lasciai;
Io sol detto t'avrei che tu volessi
Ricordarti di me che vivo in guai.

Per Amore io ti giuro, il qual non cessi
Giammai da' nostri cori, e per le Muse
Che de' foschi miei giorni arbitre elessi;

Quando il subito grido si diffuse,
 Saffo, il tuo ben sen fugge, — alla parola
E alle lagrime il varco mi si chiuse.

Mancava agli occhi il pianto; nella gola
La lingua intorpidia, finchè dell'alma
Tutte le posse un freddo orror m'invola.

Poi come balenò raggio di calma
All'ansio cor, le chiome io mi scompiglio
Alto ululando, e batto palma a palma.

Tale il sen si percote e bagna il ciglio
Tenera madre che all'accesa pira
Porti le membra di diletto figlio.

Carasso, il fratel mio, lieto rimira
I nostri pianti e per la casa ognora
Importuno sugli occhi mi si gira,

E perchè la gran doglia che m'accora
Onta mi faccia, di che geme, ei chiede,
Costei? Non vive la sua figlia ancora?

Ho lacera la veste e scalzo il piede;
Pur rossore non ho se il volgo intorno

In sì misera mostra errar mi vede.

A te, Faon, sol penso e tu ritorno
Mi fai solo ne' sogni. O sogni, o notti
A me candide più d'ogni bel giorno!

Se altre terre a bear si son condotti
I tuoi sembianti, io l'ho ne' sogni appresso.
Ahi sogni fuggitivi ed interrotti!

Spesso ch'io penda dal tuo collo e spesso
Che tu sovra il mio collo t'abbandoni
Parmi, o diletto, nel sognato amplesso.

E dolcissimi accenti mi ragioni
Noti all'ombre soltanto e senza velo
La tua beltade a vagheggiar mi doni.

Ma tosto come il sol gli orli del cielo
Col novo raggio imporpora, che presta
Si ritiri la notte io mi querelo.

E mi volgo crucciata alla foresta,
E pace alla solinga ombra dimando
Che sì dolci memorie in cor mi desta.

Quindi furente, di me stessa in bando,
Come maga tessalica m'aggiro,
Gl'irti capelli all'aure abbandonando.

E la concava grotta ancor rimiro
Scabra di tufi che mi fur più belli
Che niveo marmo a' dì del mio deliro.

Riveggo il bosco che di fior novelli
Spesso un letto ne porse e tanto amore
Fra l'ombre ricoprì degli arboscelli.

Ma dove della selva e del mio core
Sparve il signor? M'è quella selva oscura
Dal dì che n'è partito il tuo splendore.

L'erba conobbi che all'estiva arsura
Ne sostenne adagiati: ancora oppressa
Era dal nostro peso la verzura.

Forsennata precipito sovr'essa,
Sul sito ove tu fosti, e baci e pianto
Porgo ad ogn'orma da' tuoi piedi impressa.

E meco dispogliato il folto ammanto
Piangono i rami; nè dal nido ascoso
Sciolgono allegri gli augelletti il canto.

Progne, tu sola del trafitto sposo
Memore ancora e de' tuoi rei furori
Iti vai gorgheggiando in suon doglioso.

Progne il figliuolo, i suoi traditi amori
Saffo lamenta: tutto il resto tace

Per entro il velo de' notturni orrori.

Sorge non lungi limpida e vivace
Una fontana; se la fama è vera,
Una Dea nelle belle acque si piace.

Antico loto, che una selva intera
Co' rami adegua, è tetto alla sorgiva
Coronata di verde primavera.

Mentre vinta dal sonno in sulla riva
L'inferme membra adagio, al mio cospetto
Stette del loco la temuta Diva.

Stette e mi disse: poichè t'arde in petto
Non corrisposto amor, volgi il tuo passo
Volgi all'Ambracia, e pace io ti prometto.

Di Leucade colà sorge il gran sasso
Sacro al vindice Apollo: interminato
Spuma il mar d'Azio e romoreggia al basso.

Deucalïon di Pirra innamorato
Di là gittossi e lo raccolse illeso
L'onda soggetta. Come volle il fato

Tosto amor mutò tempre: a Pirra acceso
Gemè 'l cor: per la giovane diletta
D'un alto obblio Deucalïon fu preso.

Questa sorte ha quel mar. Donna, t'affretta
Alla nembosa Leucade e nell'onda
Dalla pendice aerëa ti getta.

Disse e disparve. Dall'erbosa sponda
Io m'alzo esterrefatta, e gemo e fremo,
E di lagrime un fiume il sen m'inonda.

Andremo, o Diva, al fatal sasso andremo;
Pur che il furor che m'agita dia loco,
Piombar nelle spumanti onde non temo.

La rupe, il mare, l'alto abisso un gioco
Mi sembreranno. O aure, a voi mi affido;
Fatta io son lieve dal continuo foco.

E tu pur sulle molli ale, Cupido,
Cadente mi sostieni. Oh, di mia morte
L'onta non pesi sul Leucadio lido!

Allor l'eolia cetera alle porte
Appenderò del tempio, e questi versi
Febo ringrazieran della mia sorte:

« Grata a te, Febo, questa cetra offersi
Io Saffo poetessa; a te conviene
E a me che studi non abbiam diversi. »

Ma perchè d'Azio alle fatali arene
Mi sospingi, crudel, se tu possanza

Hai, tornando, di tôrmi alle mie pene?

Torna, Faone: io posi in te speranza
Più che in quel mare, in te che di sapere
Superi Apollo e di gentil sembianza.

O forse più di queste atre bufere.
Più de' sassi crudel, con lieto volto
Potrai veder la tua donna che pêre?

Meglio era pur che fra tue braccia avvolto
Fosse il mio seno d'amorosi nodi
Che lasciarlo cadere in mar travolto!

Questo è quel seno che di tante lodi
Già tu solevi ornar; donde aurea vena
Sgorgar ti parve di canori modi.

Or vorrei che di carmi immensa piena
Versasse: ma le vie chiude il dolore,
Il dolor che l'ardito estro incatena.

Già manca a' voli dell'acceso core
L'antica lena; mute e polverose
Giaccion le corde che sonâr d'amore.

Belle Lèsbidi, voi, vergini e spose,
Gioia del patrio mar, leggiadre amanti,
Sulla cetra di Saffo un dì famose,

Lèsbidi, voi che i fulgidi miei vanti
D'alcuna ombra spargete, ah, non venite
Più d'ora innanzi a domandar miei canti.

Le Pïeridi mie tutte fuggite
Son con Faone.... ah misera, che mio
Quasi il dicean le labbra inavvertite.

Fate ch'ei torni, e co' begl'inni anch'io
Farò ritorno a voi. Come egli vuole
Tacita io siedo, o carmi all'aure invio.

Ma che giova pregar? Forse si duole
Quel cor selvaggio? O prende i pianti a sdegno
E disperdono i venti le parole?

Deh! che a me riconducano il tuo legno
I venti che ti portano i miei stridi;
Tempo è ben che tu rompa ogni ritegno.

Che se hai fermo il ritorno a' patrii lidi
Ed al reduce pin serti prepari,
Perchè, crudel, coll'indugiar mi uccidi?

Sciogli la fune. A te tranquilli i mari
Farà la Diva che dal mare è sorta,
Nè venti al corso spireran contrari.

Sciogli la fune. Amor piloto e scorta
Sederà 'n poppa, e con la nivea mano

Tratterà l'artimone e la ritorta.

Che se da Saffo vivere lontano
Hai già fisso in tuo cor (io più non voglio,
Udir le scuse che colori invano),

Alla tradita invia l'ultimo foglio,
Tronca una volta gl'infelici amori;
Scrivi: che speri? Dal Leucadio scoglio

Piomba nel mare che t'è sacro, e muori.